蜘蛛網式學習法

12小時韓語發音、
單字、會話，
一次搞定！

盧開朗、潘治婷　著

繽紛外語編輯小組　總策劃

한국어 발음 , 이 책 한 권으로 일망타진

한국어 공부를 시작하고 싶다고요 ? 모든 외국어 학습이 다 그렇듯이 한국어도 정확한 발음 학습이 아주 중요합니다 .

한국어 발음은 재미도 있으면서 조금 어렵게 느끼는 분들이 많이 있습니다 . 중국어 또는 민남어 발음과 비슷한 것도 있고 , 전혀 쓰지 않았던 새로운 발음도 있기 때문입니다 .

학습자 스스로 한국어 발음을 정확하게 연습할 수 있는 교재가 필요하다고 생각했습니다 . 그래서 지난 8 년 동안 중화권 지역 학습자들에게 한국어 발음 강의를 하면서 쌓은 경험을 바탕으로 이번 《蜘蛛網式學習法 : 韓語發音、單字、會話、一本搞定》을 출간하게 되었습니다 .

이 책은 크게 Part 1 와 Part 2 로 구성되어 있습니다 . Part 1 에서는 21 개 모음과 19 개 자음을 따로 연습할 수 있도록 관련된 단어 6 개를 뽑아 정리했습니다 . 받침이 없거나 연음으로 발음이 비교적 쉬운 단어와 대표 문장으로 되어 있어서 정확한 발음 연습을 할 수 있도록 했습니다 . 또 Part 2 는 발음 연습을 하면서 여러 가지 생활 회화 표현들을 익힐 수 있도록 꾸몄습니다 .

이 책이 나올 수 있도록 도와 주신 뤠이란 (瑞蘭) 국제출판사의 왕우안치 (王愿琦) 사장님과 공동 저자인 판즈팅 (潘治婷) 님 , 편집부 여러분들께 감사 인사 드립니다 .

아무쪼록 이 책이 한국어 공부를 시작하려는 분 , 한국어 학습에 이제 막 입문하신 분들 , 그리고 스스로 발음이 부정확하다고 생각하는 분들 모두에게 도움이 되는 책으로 쓰여지길 기대합니다 .

2015 년 1 월
타이베이 ,

韓語發音，靠「蜘蛛網式學習法」一網打盡

您想開始學習韓語嗎？不管學習任何語言都一樣，韓語的基礎發音也非常重要。

一開始學習韓語發音時會感到很有趣，但多數學習者遇到一些發音上困難便開始感到困惑。其實有些韓語的發音與中文或閩南語的發音十分相似，相對的其中也有中文中不存在的發音。

我認為需要提供韓語自學者能夠自學的發音書。因此，我把過去 8 年的韓語教學經歷，用《蜘蛛網式學習法：12 小時韓語發音、單字、會話、一次搞定！》一書來整理。

本書分為兩大區塊，PART1 與 PART2：PART1 針對 21 個母音和 19 個子音，每個字母皆嚴選了 6 個單字，每個單字也都搭配常用的例句來練發音；PART2 整理了各種不同場景下可以應用的韓語會話表現。

最後，我對瑞蘭國際出版的王愿琦社長及共同著作者潘治婷編輯還有瑞蘭國際出版的編輯部門表達謝意。

未來的韓語學習者、韓語入門者及需要加強韓語發音的朋友們，願此書對每位朋友們有學習上大大的成就。

台北，

盧開朗

2015 年 1 月

學習韓語，
靠的就是蜘蛛網式的串聯學習與聯想力

　　從學習韓語十多年到開始有機會構思本書，一直在思考什麼樣的韓語發音書最適合台灣韓語學習者，既能學習到標準的韓語發音，又能記住更豐富的單字，同時還能將這些單字運用到日常生活會話。而這樣的學習法，正如蜘蛛網般，慢慢從中心開始吐絲、結網到擴大整個蜘蛛網的範圍一樣，將韓語當作想要捕食的獵物般，一個個牢牢黏在自己所結好的蜘蛛網上，是讓人難以忘卻學習內容的最佳學習方式。

　　學習韓語發音不只要多聽，更要多講，尤其是與韓國人對話，絕對是學習韓語的最好方式，也是增進韓語實力不二法門。在多聽、多講之外，單字學習上，不能只是死記、死背，而是要能夠發揮聯想力，讓每個發音、每個單字，都能夠找到其中連結的方式。不管是透過發音相似的漢字詞，或是單純的韓語詞到外來語，都是需要一些聯想力才能吸收更多的單字量。此外，最重要的是如何去運用學習到的單字，其實韓語生活會話不外乎就是那些基本句子，掌握了基本句型，靈活套用上所學習到的單字，在初級韓語學習上就是一大進步。

　　希望透過這樣的分享，能夠讓韓語學習者能夠找到屬於自己的韓語學習方式。

　　這次很幸運地能夠邀請有多年教學經驗的盧開朗老師一起合著本書，以一個長久學習韓語者而言是莫大的榮幸。本書結合了盧開朗老師特別挑選過最適合初次接觸韓語的學習者的單字和例句，及適合台灣韓語學習者的學習方式，期盼能夠造福更多韓語學習者。

潘沿婷
Chijeong
2015.01

PART 00

用蜘蛛網核心法，掌握學習韓語重點

POINT！開始吐絲結網，從認識韓國文字的形成，一步一步認識韓語。

韓語字母表

認識韓語 40 音不同的組成方式，帶你了解所有發音。

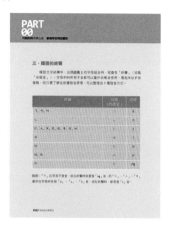

韓語的終聲

了解韓語終聲（收尾音）的 7 種發音方式，讓你知道最正確的韓語發音。

韓語文字結構

拆解韓語的組成，教你認識韓語結構的可能性。

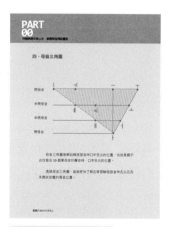

母音三角圖

用圖學習韓語發音時舌尖及舌末應該放置的高低位置，讓你迅速掌握發音要訣。

用蜘蛛網連結法，輕鬆學好韓語 40 音

PART 01

POINT！ 韓語 40 音，分成「單母音」、「複合母音」、「單子音」、「雙子音」等 4 個部分。每個字母皆有 6 個單字、6 個例句，經由蜘蛛網般的脈絡串聯起來，一線連結一線，結合成綿密的學習網絡。

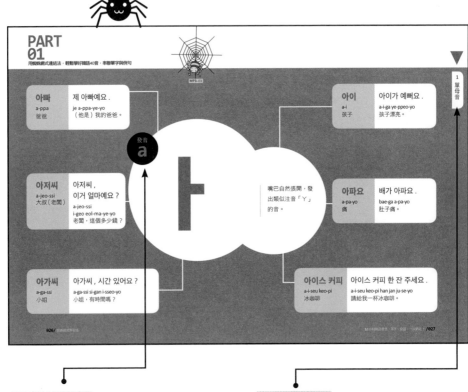

發音重點

採用韓國文化觀光部 2000 年頒布之羅馬字標記法輔助發音！

分類學習

將韓語 40 音，分成單母音、複合母音、單子音、雙子音，依序學習！

MP3 序號

配合 MP3 學習，韓語發音就能更快上口！

發音說明

搭配相似的注音發音，輕鬆好學習！

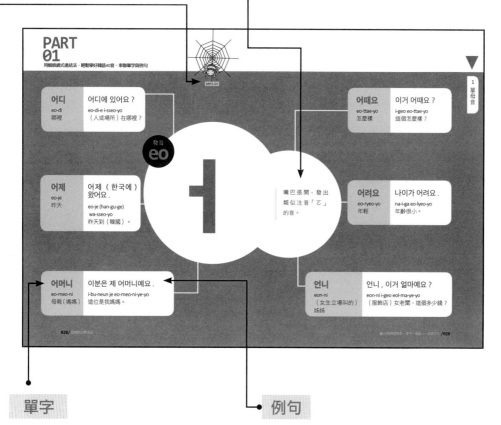

PART 01

用蜘蛛網式連結法，輕鬆學好韓語40音，串聯單字與例句

1 單母音

發音 **eo**

ㅓ

嘴巴張開，發出類似注音「ㄛ」的音。

어디	어디에 있어요？
eo-di	eo-di-e i-sseo-yo
哪裡	（人或場所）在哪裡？

어제	어제（한국에）왔어요.
eo-je	eo-je (han-gu-ge) wa-sseo-yo
昨天	昨天到（韓國）。

어머니	이분은 제 어머니예요.
eo-meo-ni	i-bu-neun je eo-meo-ni-ye-yo
母親（媽媽）	這位是我媽媽。

어때요	이거 어때요？
eo-ttae-yo	i-geo eo-ttae-yo
怎麼樣	這個怎麼樣？

어려요	나이가 어려요.
eo-ryeo-yo	na-i-ga eo-lyeo-yo
年輕	年齡很小。

언니	언니, 이거 얼마예요？
eon-ni	eon-ni i-geo eol-ma-ye-yo
（女生立場叫的）姊姊	（服飾店）女老闆，這個多少錢？

028/ 蜘蛛網記憶學習法

12 小時韓語發音·單字·會話，一次搞定！ /029

單字

每學完一個韓語字母，立刻就能學到 6 個生活單字，簡單開口說！

例句

每學完一個韓語單字，馬上就能學到 1 個常用例句，練習零負擔！

如何使用本書

PART 02

用蜘蛛網擴大法，實用會話現學現説

POINT！ 打好蜘蛛網基本區域的發音後，網域擴大延伸進入「實用情境會話」，有「初次見面」、「電話」、「餐廳點餐」與「交通」等 4 個主題，實現韓語會話環境。

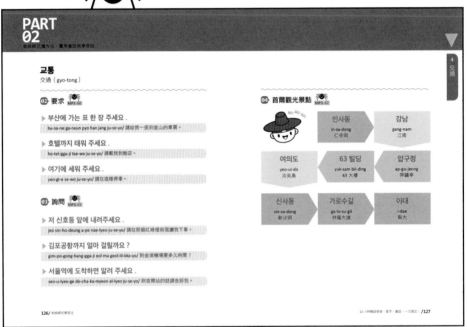

貼心音標

每個會話都搭配上羅馬拼音，一次掌握發音方法！

中文翻譯

會話皆附有中文翻譯，了解會話句意好放心！

補充單字

必備生活單字，搭配會話使用好方便！

▶ 目錄

PART
00 用蜘蛛網式核心法，掌握學習韓語重點

PART
01 用蜘蛛網式連結法，輕鬆學好韓語40音，
串聯單字與例句

PART 02 用蜘蛛網式擴大法，實用會話現學現説

처음 뵙겠습니다.
cheo-eum boep-ge-sseum-ni-da
初次見面。

PART0

用蜘蛛網式核心法，掌握學習韓語重點

任何人在接觸韓國文字前，對韓語的第一印象，不外乎覺得韓語像是外星文字，不是橫的「一」、就是豎的「ㅣ」、要不就是圈圈「ㅇ」或是方框「ㅁ」。其實發揮一點想像力就可以了解，韓語的「ㅇ」代表的是「太陽」，就是「天」，而「一」代表「地」，「ㅣ」代表「人」。

實際上，韓語是一種表音文字，是最基本的組合元素，就如同我們所學的注音符號一樣，只是注音符號組合後僅代表發音，而韓語在經由母音與子音的組合後，不但是讀音還代表著字義。

接下來，本單元就用「用蜘蛛網式核心法，掌握學習韓語重點」，從蜘蛛網的核心來深入了解「韓語字母表」、「韓語文字結構」、「韓語的終聲」、以及學習發音時最重要的「母音三角圖」來認識韓語。

MP3-1.2

一、韓語字母表

下面這個表格，這是韓語的字母表，是不是很像蜘蛛網呢？雖然看起來像蜘蛛網一樣複雜，但是組成的方式及原理十分簡單！是的，只要跟著MP3，橫向唸一次，縱向也唸一次，並時時溫故知新，這些韓語字母就會牢牢記在腦海裡囉！

				單母音							
			ㅏ	ㅑ	ㅓ	ㅕ	ㅗ	ㅛ	ㅜ	ㅠ	ㅡ	ㅣ
	初聲	終聲	a	ya	eo	yeo	o	yo	u	yu	eu	i
單子音	ㄱ g	k	가 ga	갸 gya	거 geo	겨 gyeo	고 go	교 gyo	구 gu	규 gyu	그 geu	기 gi
	ㄴ n	n	나 na	냐 nya	너 neo	녀 nyeo	노 no	뇨 nyo	누 nu	뉴 nyu	느 neu	니 ni
	ㄷ d	t	다 da	댜 dya	더 deo	뎌 dyeo	도 do	됴 dyo	두 du	듀 dyu	드 deu	디 di
	ㄹ l	l	라 la	랴 lya	러 leo	려 lyeo	로 lo	료 lyo	루 lu	류 lyu	르 leu	리 li
	ㅁ m	m	마 ma	먀 mya	머 meo	며 myeo	모 mo	묘 myo	무 mu	뮤 myu	므 meu	미 mi
	ㅂ b	p	바 ba	뱌 bya	버 beo	벼 byeo	보 bo	뵤 byo	부 bu	뷰 byu	브 beu	비 bi
	ㅅ s	t	사 sa	샤 sya	서 seo	셔 syeo	소 so	쇼 syo	수 su	슈 syu	스 seu	시 si
	ㅇ 無	ng	아 a	야 ya	어 eo	여 yeo	오 o	요 yo	우 u	유 yu	으 eu	이 i

單子音

ㅈ	j	t	자 ja	쟈 jya	저 jeo	져 jyeo	조 jo	죠 jyo	주 ju	쥬 jyu	즈 jeu	지 ji
ㅊ	ch	k	차 cha	챠 chya	처 cheo	쳐 chyeo	초 cho	쵸 chyo	추 chu	츄 chyu	츠 cheu	치 chi
ㅋ	k	t	카 ka	캬 kya	커 keo	켜 kyeo	코 ko	쿄 kyo	쿠 ku	큐 kyu	크 keu	키 ki
ㅌ	t	t	타 ta	탸 tya	터 teo	텨 tyeo	토 to	툐 tyo	투 tu	튜 tyu	트 teu	티 ti
ㅍ	p	p	파 pa	퍄 pya	퍼 peo	펴 pyeo	포 po	표 pyo	푸 pu	퓨 pyu	프 peu	피 pi
ㅎ	h	t	하 ha	햐 hya	허 heo	혀 hyeo	호 ho	효 hyo	후 hu	휴 hyu	흐 heu	히 hi

雙子音

ㄲ	kk	k	까 kka	꺄 kkya	꺼 kkeo	껴 kkyeo	꼬 kko	꾜 kkyo	꾸 kku	뀨 kkyu	끄 kkeu	끼 kki
ㄸ	tt		따 tta	땨 ttya	떠 tteo	뗘 ttyeo	또 tto	뚀 ttyo	뚜 ttu	뜌 ttyu	뜨 tteu	띠 tti
ㅃ	pp		빠 ppa	뺘 ppya	뻐 ppeo	뼈 ppyeo	뽀 ppo	뾰 ppyo	뿌 ppu	쀼 ppyu	쁘 ppeu	삐 ppi
ㅆ	ss	t	싸 ssa	쌰 ssya	써 sseo	쎠 ssyeo	쏘 sso	쑈 ssyo	쑤 ssu	쓔 ssyu	쓰 sseu	씨 ssi

二、韓語文字結構

　　韓語文字的排列組合方式有許多種，但是要形成一個字，至少需要一個母音與一個子音組合在一起。現在，我們就來看看這些音如何聯結成字吧！

結構 1 ：由 1 個母音與 1 個子音的組合

子音 （ㄱ）	母音 （ㅏ）

子音（ㅇ）
母音（ㅗ）

例如：　　　　　　　　　　　例如：

ㄱ + ㅏ = 가　　　　　　**ㅇ + ㅗ = 오**

結構 2 ：由 1 個母音與 2 個子音的組合

子音 （ㅈ）	母音 （ㅓ）
子音（ㄹ）	

子音（ㄷ）
母音（ㅗ）
子音（ㅇ）

例如：　　　　　　　　　　　例如：

ㅈ + ㅓ + ㄹ = 절　　　**ㄷ + ㅗ + ㅇ = 동**

結構 3：由 1 個母音與 3 個子音的組合

子音 （ㅅ）	母音 （ㅏ）
子音 （ㄹ）	子音 （ㅁ）

子音（ㅎ）	
母音（ㅡ）	
子音（ㄹ）	子音（ㄱ）

例如：

ㅅ + ㅏ + ㄹ + ㅁ = 삶

例如：

ㅎ + ㅡ + ㄹ + ㄱ = 흙

　　相信了解了韓語的文字結構後，再也不會覺得韓語是個很陌生的文字了吧？

　　韓國文字是 15 世紀朝鮮第四代「世宗大王」（세종대왕 se-joeng-dae-wang），為了讓全國百姓都能習字閱讀，決定造出一套最簡單、任何人只要學幾天就能用的文字。

　　而在此之前，韓國書寫文字是用中文（稱為漢文），語言卻是韓語，說跟寫是不同的系統，書籍都是以漢字寫成，只有文武兩班貴族有機會學中文漢字，平民百姓沒有能力，所以只會說韓語不會寫漢字，造成文化斷層。於是，世宗大王召集學者親自創制了韓語，並且將它命名為「訓民正音」（훈민정음 hun-min-jeong-eum）。一直到了 20 世紀，韓語才開始被稱為「한글」（han-geul），韓語目前是韓國國寶第 70 號，也被聯合國教科文組織列為世界紀錄遺產。

　　在頒布「訓民正音」時，韓語基礎字母原本有 28 個，歷經 500 多年隨著音韻的變化，起初的 28 個字母中有 4 個字母所表示的音消失，現今的基礎字母只剩 24 個，然後再由這 24 個基礎字母結合成為了今天韓語字母表的 40 個字母。

三、韓語的終聲

　　韓語文字結構中，出現**結構 2**、**結構 3** 的字母組合時，就會有「終聲」（或稱「收尾音」）。字母中的所有子音都可以當作收尾音使用，看起來似乎很複雜，但只要了解並依據發音原理，可以整理出 7 種發音方式。

終聲	分類（代表音）	音標
ㄱ、ㅋ、ㄲ	ㄱ	k
ㄴ	ㄴ	n
ㄷ、ㅅ、ㅈ、ㅊ、ㅌ、ㅎ、ㄸ、ㅆ	ㄷ	t
ㄹ	ㄹ	l
ㅁ	ㅁ	m
ㅂ、ㅍ	ㅂ	p
ㅇ	ㅇ	ng

說明：「ㅇ」在字首不發音，但在終聲時就要發「ng」音；而「ㄷ」、「ㅅ」、「ㅎ」雖然在字首時各發「d」、「s」、「h」音，但在終聲時，都是發「t」音。

就讓我們來看看有那些單字符合這 7 個終聲吧！

分類	音標	終聲
ㄱ	k	국가 guk-ga 國家、기윽 gi-euk 韓語「ㄱ」的發音、볶다 bok-da 翻炒
ㄴ	n	안전 an-jeon 安全
ㄷ	t	묻다 mut-da 問、숫자 sut-ja 數字、찾다 chat-da 找、꽃 kkot 花、솥 sot 鍋子、넣다 neot-da 放進、있다 it-da 有
ㄹ	l	불 bul 火
ㅁ	m	김치 gim-chi 泡菜
ㅂ	p	입 yip 嘴巴、잎 yip 葉子
ㅇ	ng	강물 gang-mul 河水

四、母音三角圖

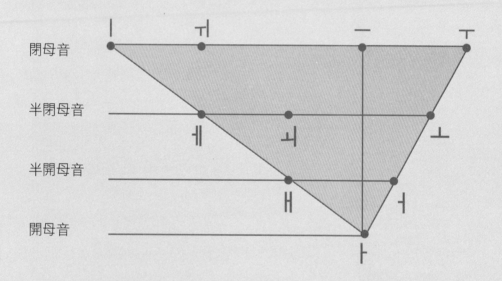

母音三角圖是解說韓語發音時口中舌尖的位置，也就是顯示出在發出 10 個單母音的聲音時，舌尖在口中的位置。

透過母音三角圖，能夠更快了解在學習韓語發音時舌尖及舌末應該放置的高低位置。

三角圖結構說明：

　　三角形的前後表示嘴唇（左邊）與口中（右邊）。而上下則表示舌頭的高低位置。

閉母音：指的並不是把上下嘴唇全部闔起，而是說嘴唇在發音時所呈現的樣子是往水平的方向做延展。

「ㅣ」[i]　前舌母音（從外面看到舌尖）、延展唇音（嘴唇往左右方向展平）

「ㅟ」[wi]　前舌母音、圓唇音（嘴唇形狀呈偏圓型）

「ㅡ」[eu]　後舌母音（從外面看不到舌尖）、延展唇音

「ㅜ」[u]　後舌母音、圓唇音（嘴唇形狀偏圓型）

半閉母音：上下嘴唇比閉母音時張開一些，輕鬆地把嘴巴張開的感覺。

「ㅔ」[e]　前舌母音（從外面看到舌尖）、延展唇音（嘴唇往左右方向展平）

「ㅚ」[oe]　前舌母音、圓唇音（嘴唇形狀呈現偏圓型）

「ㅗ」[o]　後舌母音（從外面看不到舌尖）、圓唇音

半開母音：比半開母音的嘴唇，再打開一點。

「ㅐ」[ae]　前舌母音、展唇音

「ㅓ」[eo]　後舌母音（從外面看不到舌尖）、圓唇音（嘴唇形狀偏圓型）

開母音：嘴巴張開，將舌尖往下底。就像看牙醫時嘴巴全開的舌頭位置。

「ㅏ」[a]　後舌母音（從外面看不到舌尖）、延展唇音（但嘴型可能偏大圓型）

안녕하세요 .

an-nyeong-ha-se-yo

您好 。

PART01

用蜘蛛網式連結法，
輕鬆學好韓語40音，
串聯單字與例句

韓語字母的排列方式為：由左而右、由上到下。每一個韓語文字都是由 2 個到 4 個字母串連組合而成，因此單獨的母音或子音都無法成為一個韓語文字，例如：「ㅏ」（a）和「ㄱ」（g）就只是單純的字母，而不是文字。同時，不管母音、子音如何排列組合，一定是先子音後加母音。例如：「가」（ga）或「오」（o），都是經過組合才成為的字（「가」由「ㄱ」和「ㅏ」組合；「오」由「ㅇ」和「ㅗ」組合）。

在這個單元中，我們將依照「單母音」、「複合母音」、「單子音」、「雙子音」的學習順序，讓你一次熟悉韓語 40 音。此外，還用蜘蛛網狀的延伸方式，讓你除了認識字母之外，同時學會 6 個單字、並能開口説出實用的 6 個例句，將發音、單字和例句一次搞定！

別忘了搭配 MP3 一起學習，讓你聽、説、讀、寫同步一把罩！

반가워요 .

ban-ga-wo-yo
很高興見到你。

1

單母音

韓語單母音共有 10 個：ㅏ、ㅓ、ㅗ、ㅜ、ㅡ、ㅣ、ㅐ、ㅔ、ㅚ、ㅟ。要特別注意的是，單一個母音無法當做完整的字，需要搭配子音才能成為一個完整的字。此外，單母音的發音嘴型較小，所以記得在練習單母音的發音時，嘴巴不要張太大喔！無論如何，請趕快把單母音背起來，才能再學單、雙子音！

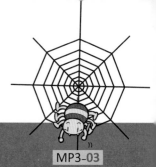

MP3-03

아빠

a-ppa
爸爸

제 아빠예요.

je a-ppa-ye-yo
（他是）我的爸爸。

發音
a

ㅏ

아저씨

a-jeo-ssi
大叔（老闆）

아저씨,
이거 얼마예요?

a-jeo-ssi
i-geo eol-ma-ye-yo
老闆，這個多少錢？

아가씨

a-ga-ssi
小姐

아가씨, 시간 있어요?

a-ga-ssi si-gan i-sseo-yo
小姐，有時間嗎？

아이
a-i
孩子

아이가 예뻐요 .
a-i-ga ye-ppeo-yo
孩子漂亮。

嘴巴自然張開，發出類似注音「ㄚ」的音。

아파요
a-pa-yo
痛

배가 아파요 .
bae-ga a-pa-yo
肚子痛。

아이스 커피
a-i-seu keo-pi
冰咖啡

아이스 커피 한 잔 주세요 .
a-i-seu keo-pi han jan ju-se-yo
請給我一杯冰咖啡。

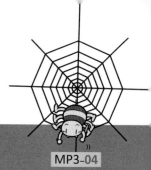

MP3-04

어디
eo-di
哪裡

어디에 있어요？
eo-di-e i-sseo-yo
（人或場所）在哪裡？

發音
eo

ㅓ

어제
eo-je
昨天

어제（한국에）
왔어요．
eo-je (han-gu-ge)
wa-sseo-yo
昨天到（韓國）。

어머니
eo-meo-ni
母親（媽媽）

이분은 제 어머니예요．
i-bu-neun je eo-meo-ni-ye-yo
這位是我媽媽。

어때요

eo-ttae-yo
怎麼樣

이거 어때요 ?

i-geo eo-ttae-yo
這個怎麼樣？

嘴巴張開，發出類似注音「ㄛ」的音。

어려요

eo-lyeo-yo
年輕

나이가 어려요 .

na-i-ga eo-lyeo-yo
年齡很小。

언니

eon-ni
（女生立場叫的）
姊姊

언니 , 이거 얼마예요 ?

eon-ni i-geo eol-ma-ye-yo
（服飾店）女老闆，這個多少錢？

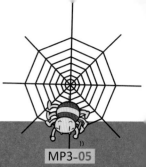

MP3-05

오빠

o-ppa
（女生立場叫
的）哥哥

오빠 만나고 싶어요 .

o-ppa man-na-go si-peo-yo
我想跟哥哥見面。

發音

ㅗ

오이

o-i
小黃瓜

오이로 마사지
해요 .

o-i-lo ma-sa-ji hae-yo
用小黃瓜敷臉。

오리

o-li
鴨子

대만 북경오리가 유명해요 .

dae-man buk-gyeong-o-li-ga yu-myeong-hae-yo
台灣的北平烤鴨很有名。

고기
go-gi
肉

고기 안 먹어요 .
go-gi an meo-geo-yo
我不吃肉。（吃素）

嘴型呈圓形，發出類似注音「ㄡ」的音。

오사카
o-sa-ka
（日本）大阪

오사카에 가 봤어요 .
o-sa-ka-e ga bwa-sseo-yo
我曾經去過大阪。

오디션
o-di-syeon
試鏡、選秀

오디션 프로그램을 봐요 .
o-di-syeon peu-lo-geu-lae-meul bwa-yo
我看選秀節目。

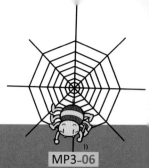

MP3-06

발음
u

ㅜ

누구
nu-gu
誰

누구세요?
nu-gu-se-yo
您是誰？

두부
du-bu
豆腐

두부 많이 주세요.
du-bu ma-ni ju-se-yo
請多給些豆腐。

구두
gu-du
皮鞋

구두가 예뻐요.
gu-du-ga ye-ppeo-yo
皮鞋很好看。

누나

nu-na

（男生立場叫的）姊姊

제가 누나예요 .

je-ga nu-na-ye-yo

我是姊姊（自己的年紀較大的意思）。

嘴型呈現更圓，發出類似注音「ㄨ」的音。

우산

u-san

雨傘

비가 와요 . 우산 써요 .

bi-ga wa-yo u-san sseo-yo

下雨了，帶傘吧。

두유

du-yu

豆漿

두유 한 잔 주세요 .

du-yu han jan ju-se-yo

請給我一杯豆漿。

MP3-07

스키
seu-ki
滑雪
（ski）

스키를 타고 싶어요 .
seu-ki-leul ta-go si-po-yo
我想滑雪。

發音
eu

주스
ju-seu
果汁
（juice）

주스 주세요 .
ju-seu ju-se-yo
請給我果汁。

버스
beo-seu
公車
（bus）

버스를 기다려요
beo-seu-leul gi-da-lyeo-yo
我等公車。

스파게티

seu-pa-ge-ti
義大利麵
（spaghetti）

우리 스파게티 먹어요 .

u-li seu-pa-ge-ti meo-geo-yo
我們吃義大利麵吧。

嘴巴呈一字型，發出類似注音「ㄜ」的音。

소스

so-seu
醬料
（sauce）

소스가 맛있어요 .

so-seu-ga ma-si-sseo-yo
醬料很美味。

크리스마스

keu-li-seu-ma-seu
聖誕節
（Christmas）

크리스마스에 뭐 하세요 ?

keu-li-seu-ma-seu-e mwo ha-se-yo
聖誕節做什麼？

MP3-08

이거
i-geo
這個

이거 뭐예요?
i-geo mwo-ye-yo
這個是什麼？

發音
i

ㅣ

이스타
i-seu-ta
Eastar
（航空公司）

**이스타 비행기로
한국에 가요.**
i-seu-ta bi-haeng-gi-lo
han-gu-ge ga-yo
我搭 Eastar 航空去韓
國。

이케아
i-ke-a
IKEA
（家具店）

이케아에 같이 가요.
i-ke-a-e ga-chi ga-yo
我們一起去 IKEA 吧。

이름
i-leum
姓名

이름이 뭐예요 ?
i-leu-mi mwo-ye-yo?
請問叫什麼名字 ?

嘴巴呈一字型，發出類似注音「ー」的音。

이미지
i-mi-ji
造型、形象
（image）

이미지가 멋있어요 .
i-mi-ji-ga meo-si-sseo-yo
形象很帥氣。

이야기 (하다)
i-ya-gi（ha-da）
說話

이야기 해 주세요 .
i-ya-gi hae ju-se-yo
請告訴我。

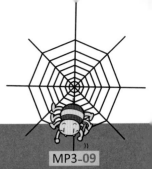

MP3-09

| 개
gae
狗 | 개 운동시켜요 .
gae un-dong-si-kyeo-yo
讓狗運動。 |

發音
ae

ㅐ

| 배
bae
肚子 | 배 고파요 .
bae go-pa-yo
肚子餓。 |

| 대만
dae-man
台灣 | 대만에 오세요 .
dae-ma-ne o-se-yo
請來台灣。 |

애인

ae-in
情人；
男、女朋友

애인 있어요？

ae-in i-sseo-yo
有男（女）朋友嗎？

嘴巴稍呈一字型，
發出類似注音
「ㄝ」的音。

베개

be-gae
枕頭

베개가 불편해요 .

be-gae-ga bul-pyeon-hae-yo
（這個）枕頭不舒服。

패드

pae-deu
平板
（pad）

아이패드 써요 .

a-i-pae-deu sseo-yo
用 i-pad。

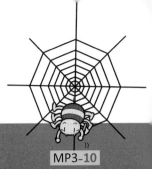

MP3-10

~에	집에 가요 .
e	ji-be ga-yo
到~、在~	回家。

發音
e

세수	세수했어요 .
se-su	se-su-hae-sseo-yo
洗臉	洗臉了。

ㅔ

게이트	게이트에서 만나요 .
ge-i-teu	ge-i-teu-e-seo man-na-yo
登機門	在登機門見面吧。
（gate）	

체리

che-li
櫻桃
（cherry）

체리를 좋아해요 .

che-li-leul jo-a-hae-yo
（我）喜歡櫻桃。

嘴巴稍開，發出
類似注音「ㄟ」
的音。

텔레비전

tel-le-bi-jeon
電視
（television）

텔레비전을 봐요 .

tel-le-bi-jeo-neul bwa-yo
看電視。

게스트 하우스

ge-seu-teu ha-u-seu
民宿
（guest hose）

게스트 하우스 예약했어요 .

ge-seu-teu ha-u-seu ye-ya-kae-sseo-yo
預約了民宿。

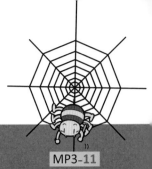

MP3-11

외국	외국에 가고 싶어요.
oe-guk	oe-gu-ge ga-go si-peo-yo.
外國	我想去外國。

發音

oe

되게	이거 되게
doe-ge	매워요.
非常	i-geo doe-ge
	mae-wo-yo
	這個非常辣。

ㅚ

（單母音／複合母音）

외할아버지 / 외할머니	외할아버지（외할머니）계세요？
oe-ha-la-beo-ji / oe-hal-meo-ni	oe-ha-la-beo-ji（oe-hal-meo-ni）gye-se-yo
外公／外婆	外公（外婆）在嗎？

외톨이

oe-to-li
孤立者

이제 외톨이예요.

i-je oe-to-li-ye-yo
（我現在）是孤立者了。

왼쪽

oen-jjok
左邊

왼쪽으로 가세요.

oen-jjo-geu-lo ga-se-yo
請往左轉。

嘴巴稍開，發出
類似注音「ㄨㄟ」
的音。

외로워요

oe-lo-wo-yo
孤單

마음이 외로워요.

ma-eu-mi oe-lo-wo-yo
（我的）心好孤單。

小叮嚀

既是單母音，又是複合母音的「ㅚ」：

「ㅚ」[oe] 跟「ㅟ」[wi] 原本是單母音，發音時嘴型不動，目前只有老一輩韓國人及新聞主播會以單母音來發音。就現代而言，普遍都是以複合母音來發音。

單母音「외」[oe]：嘴唇形狀維持「ㅗ」[o] 音，接著發出「ㅣ」[i] 音，與法文的「eu」很像。複合母音的發音，則接近「왜」[wae]（為什麼）的音。如，「되지」[doe-ji]（成為）、「돼지」[dwae-ji]（豬）這 2 個詞的發音，雖然讓人難以區別，只要透過前後對話內容便可了解。

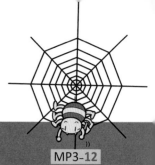

MP3-12

위	위에 가세요 .
wi 上面	wi-e ga-se-yo 請上去。

發音
wi

가위	가위 , 바위 , 보 !
ga-wi 剪刀	ga-wi ba-wi bo 剪刀、石頭、布！

ㅟ

（單母音／複合母音）

주위	주위에 편의점 있어요 ?
ju-wi 周邊	ju-wi-e pyeo-ni-jeom i-sseo-yo 周邊有便利商店嗎？

귀걸이

gwi-geo-li
耳環

귀걸이 했어요 .

gwi-geo-li hae-sseo-yo
（我）帶了耳環。

취해요

chwi-hae-yo
醉

저 이미 취했어요 .

jeo i-mi chwi-hae-sseo-yo
我已經喝醉了。

嘴巴稍開，發出類似英文「we」的音。

쉬워요

swi-wo-yo
簡單、容易

이거 쉬워요 .

i-geo swi-wo-yo
這個很簡單。

🕷 **小叮嚀**

既是單母音，又是複合母音的「ㅟ」：

　　「ㅚ」[oe] 跟「ㅟ」[wi] 這 2 個音原本是單母音，就是在發音時嘴型不能動，目前只有老一輩韓國人及新聞主播會以單母音來發音。就現代韓語而言，普遍都是以複合母音來發音。

　　單母音「위」[wi]：嘴唇形狀為維持「ㅜ」[u] 音，接著發出「ㅣ」[i] 音。複合母音的發音方式，初聲「ㅜ」[u] 加「ㅣ」[i] 音。如，「위해」[wi-hae]（為了）。

오랜만이에요.

o-laen-ma-ni-e-yo
好久不見。

2

複合母音

韓語複合母音共有11個：ㅑ、ㅕ、ㅛ、ㅠ、ㅐ、ㅖ、ㅘ、ㅙ、ㅝ、ㅞ、ㅟ。複合母音顧名思義就是將單母音組合成新的母音，例如：ㅗ（o）＋ㅏ（a）＝ㅘ（wa）。所以只要能熟記單母音，複合母音一點都不難！

不過有些複合母音的組合與原本單母音的發音卻毫無關係，例如：ㅓ（eo）＋ㅣ（i）＝ㅔ（e）。提醒你複合母音的發音嘴型較大，記得在練習複合母音發音時，嘴型要大一點才能發出標準的發音喔！

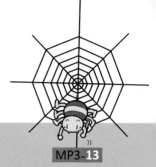

MP3-13

야자
ya-ja
椰子

대만에 야자 있어요 .
dae-ma-ne ya-ja i-sseo-yo
在台灣有椰子。

發音
ya

ㅑ

야구
ya-gu
棒球

야구 좋아해요 .
ya-gu jo-a-hae-yo
（我）喜歡棒球。

샤이니
sya-i-ni
SHINee

샤이니 팬이에요 .
sya-i-ni pae-ni-e-yo
（我是）SHINee 的粉絲。

야채
ya-chae
蔬菜

야채만 먹어요 .
ya-chae-man meo-geo-yo
（我）只吃蔬菜。（吃素）

샤브샤브
sya-beu-sya-beu
涮涮鍋

저녁에 샤브샤브
먹어요 .
jeo-nyeo-ge sya-beu-
sya-beu meo-geo-yo
晚餐吃涮涮鍋（吧）。

嘴巴自然張開，
發出類似注音「一
ㄚ」的音。

야식
ya-sik
宵夜

야식으로 치킨 먹어요 .
ya-si-geu-lo chi-kin meo-geo-yo
（我們）宵夜吃炸雞吧。

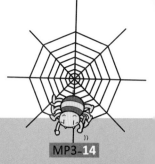

MP3-14

여기
yeo-gi
這裡

여기가 어디예요 ?
yeo-gi-ga eo-di-ye-yo
這裡是哪裡 ?

發音
yeo

ㅕ

여자
yeo-ja
女生

여자 친구
있어요 ?
yeo-ja chin-gu i-sseo-yo
（對男生）你有女朋
友嗎 ?

옆
yeop
旁邊

옆에 자리 있어요 ?
yeo-pe ja-li i-sseo-yo
旁邊有位子嗎 ?

여권
yeo-gweon
護照

여권을 잃어버렸어요 .
yeo-gweo-neul i-leo-beo-lyeo-sseo-yo.
（我的）護照不見了。

여행
yeo-haeng
旅行

여행 좋아해요 .
yeo-haeng jo-a-hae-yo
我喜歡旅行。

嘴巴半開，發出類似注音「ㄧㄛ」的音。

여보세요
yeo-bo-se-yo
喂

여보세요 . 민호 씨예요 ?
yeo-bo-se-yo min-ho ssi-ye-yo
喂，是敏鎬嗎？

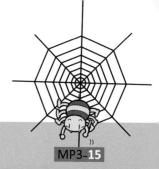

MP3-15

요리

yo li
料理

요리 잘 못해요 .

yo-li jal mo-tae-yo
我不太會煮菜。

요가

yo-ga
瑜珈

요즘 요가해요 .

yo-jeum yo-ga-hae-yo
最近在練瑜珈。

發音
yo

ㅛ

표

pyo
票

표 샀어요 .

pyo sa-sseo-yo
我已經買到票。

교회
gyo-hoe
教會

교회에 다녀요.
gyo-hoe-e da-nyeo-yo
我固定上教會。

嘴型呈圓形，發出
類似注音「ㄧㄡ」
的音。

토크쇼
to-keu-syo
脫口秀
（talk show）

토크쇼 자주 봐요.
to-keu-syo ja-ju bwa-yo
我常看脫口秀。

요구르트
yo-gu-leu-teu
優格
（yogurt）

요구르트가 장에 좋아요.
yo-gu-leu-teu-ga jang-e jo-a-yo
優格對腸胃很好。

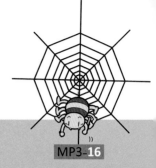

MP3-16

우유
u-yu
牛奶

우유 넣으세요 .
u-yu neo-eu-se-yo
你加點牛奶吧。

發音
yu

ㅠ

유리
yu-li
玻璃

유리 조심하세요 .
yu-li jo-sim-ha-se-yo
請小心玻璃。

뉴스
nyu-seu
新聞

뉴스에서 봤어요 .
nyu-seu-e-seo bwa-sseo-yo
在新聞上有看過。

휴지

hyu-ji
衛生紙（面紙）

휴지 좀 주세요 .

hyu-ji jom ju-se-yo
請給我面紙。

嘴型呈現更圓，
發出類似注音「ㄧ
ㄨ」的音。

슈퍼

syu-peo
超市
（super）

슈퍼에 가요 .
（슈퍼 = 슈퍼마켓）

syu-peo-e ga-yo （syu-peo
= syu-peo-ma-ket）
（我）去超市。（super
= supermartket 簡稱）

슈크림

syu-keu-lim
泡芙
（chou cream）

슈크림 좋아해요 .

syu-keu-lim jo-a-hae-yo
我喜歡吃泡芙。

小叮嚀

複合母音「ㅒ」的單字數量較少，因此本單元僅列出 3 個單字及 3 個例句。

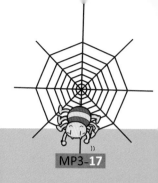
MP3-17

發音
yae

ㅒ

애들아

yae-deu-la
朋友們
（半語）

애들아, 보고 싶었어.

yae-deu-la bo-go si-peo-sseo
朋友們，我好想念你們。（半語）

半語：

　　在韓國半語多為和平輩或晚輩使用的語體，不能隨意對長輩、上司及初次見面的人使用喔！

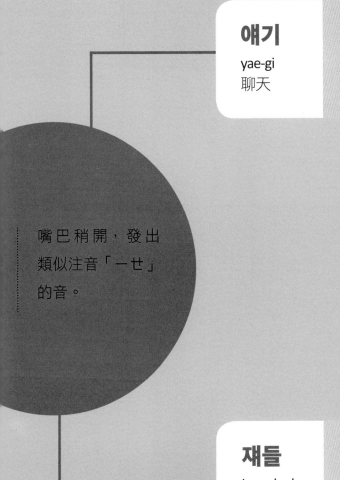

얘기
yae-gi
聊天

우리 얘기 좀 해요 .
wu-li yae-gi jom hae-yo
我們聊一下。

嘴巴稍開，發出
類似注音「一ㄝ」
的音。

재들
jyae-deul
那些人

재들은 누구니 ?
jae-deu-leun nu-gu-ni?
他們是誰啊？（半語）

MP3-**18**

小叮嚀

複合母音「ㅖ」的單字數量較少，因此本單元僅列出 3 個單字及 3 個例句。

發音
ye

ㅖ

예	예 , 맞아요 .
ye	ye ma-ja-yo.
是	是，對的。

예고

ye-go
預告

예고 봤어요 .

ye-go bwa-sseo-yo
我看過預告。

嘴巴稍開，發出
類似注音「一ㄟ」
的音。

예의

ye-ui（ye-i）
禮貌

예의가 없어요 .

ye-ui（ye-i）-ga eop-seo-yo
真沒禮貌。

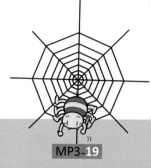

MP3-19

와인
wa-in
紅酒
（wine）

레드 와인 주세요 .
le-deu wa-in ju-se-yo
請給我紅酒。

發音
wa

ㅘ

와플
wa-peul
鬆餅
（waffle）

바나나 와플
좋아해요 .
ba-na-na wa-peul
jo-a-hae-yo
我喜歡吃香蕉鬆餅。

사과
sa-gwa
蘋果

한국 사과 맛있어요 .
han-guk sa-gwa ma-si-sseo-yo
韓國蘋果很好吃。

사과해요
sa-gwa-hae-yo
道歉

사과하세요 .
sa-gwa-ha-se-yo
請你道歉。（與「蘋果」同音，但不同意思）

과자
gwa-ja
餅乾

과자 선물
샀어요 .
gwa-ja seon-mul
sa-sseo-yo
我禮物買了餅乾。

嘴巴張開，發出類似注音「ㄨㄚ」的音。

청와대
cheong-wa-dae
青瓦台

청와대에 가 봤어요 ?
cheong-wa-dae-e ga bwa-sseo-yo
你去過青瓦台嗎？

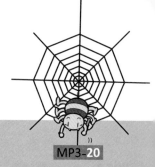

MP3-20

왜
wae
為什麼

왜요？
wae-yo
為什麼？

發音
wae

ㅙ

돼지
dwae-ji
豬

**돼지고기로
주세요.**
dwae-ji-go-gi-lo
ju-se-yo
（點菜）我要豬肉。

통쾌
tong- kwae
痛快

통쾌해요.
tong-kwae-hae-yo
很痛快。

뵈요
bwae-yo
見面（敬語）

처음 봬요 .
cheo-eum-bwae-yo
第一次見面。

嘴型稍呈圓形，
發出類似注音「ㄨ
ㄝ」的音。

안 돼요
an dwae-yo
不可以／
不行

이러면 안 돼요 .
i-leo-myeon an dwae-yo
這樣的話不行喔。

괜찮아요
gwaen-cha-na-yo
還不錯、沒關係

그옷 괜찮아요 .
geu-ot gwaen-cha-na-yo
那件衣服還不錯。

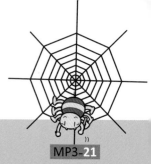

MP3-21

뭐요
mwo-yo
什麼

뭐라고요？
mwo-la-go-yo
（你）剛才説什麼？

發音
WO

ㅓ

고마워요
go-ma-wo-yo
謝謝

진짜 고마워요 .
jin-jja go-ma-wo-yo
真的感謝你。

반가워요
ban-ga-wo-yo
很高興見到你

너무 반가워요 .
neo-mu ban-ga-wo-yo
很高興見到你。

어두워요
eo-du-wo-yo
暗、黯淡

표정이 어두워요 .
pyo-jeong-i eo-du-wo-yo
你的表情黯淡。

嘴型呈圓形，發出類似注音「ㄨㄛ」的音。

가벼워요
ga-byeo-wo-yo
很輕

이거 가벼워요 .
i-geo ga-byeo-wo-yo
這個很輕。

무거워요
mu-geo-wo-yo
重

마음이 무거워요 .
ma-eu-mi mu-geo-wo-yo
我心情很沉重。

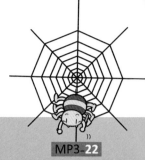

MP3-22

웨이터
we-i-teo
（西餐廳）
服務生
（waiter）

웨이터 , 여기요 .
we-i-teo yeo-gi-yo
服務生，這裡。

發音
we

ㅔ

스웨터
seu-we-teo
毛衣
（sweater）

스웨터 있어요 ?
seu-we-teo i-sseo-yo
有毛衣嗎？

쉐이크
swe-i-keu
冰沙
（shake）

밀크 쉐이크 주세요 .
mil-keu swe-i-ke ju-se-yo
請給我牛奶冰沙。

위궤양

wi-gwe-yang
胃潰瘍

저 위궤양 있어요.

jeo wi-gwe-yang i-sseo-yo
我有胃潰瘍。

嘴型呈圓形，發出
類似注音「ㄨㄟ」
的音。

웨딩 드레스

we-ding deu-le-seu
婚紗
（wedding dress）

웨딩 드레스
입어 보고 싶어요.

we-ding deu-le-seu i-beo
bo-go si-peo-yo
我想穿看看婚紗。

웨이트 트레이닝

we-i-teu teu-le-i-ning
舉重運動（健身）
（weight training）

웨이트 트레이닝 해서
몸이 좋아요.

we-i-teu teu-le-i-ning hae-seo
mo-mi jo-a-yo
因為做舉重運動，身材很好。

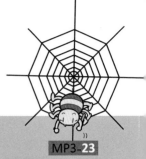

MP3-23

의사	여기 의사 있어요 ?
ui-sa 醫生	yeo-gi ui-sa i-sseo-yo 這裡有醫生嗎？

發音
ui

의자	의자에 앉으세요 .
ui-ja 椅子	ui-ja-e an-jeu-se-yo 請你在椅子上座。

의미	무슨 의미예요 ?
ui-mi 意思	mu-seun ui-mi-ye-yo 什麼意思？

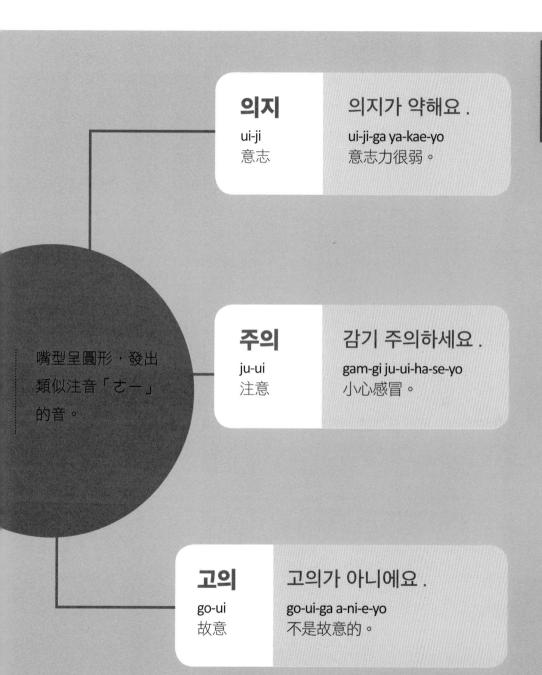

의지
ui-ji
意志

의지가 약해요 .
ui-ji-ga ya-kae-yo
意志力很弱。

嘴型呈圓形，發出類似注音「ᄒ一」的音。

주의
ju-ui
注意

감기 주의하세요 .
gam-gi ju-ui-ha-se-yo
小心感冒。

고의
go-ui
故意

고의가 아니에요 .
go-ui-ga a-ni-e-yo
不是故意的。

잘 지냈어요?

jal ji-nae-sseo-yo

過得好嗎?

3

單子音

韓語單子音共有 14 個：ㄱ、ㄴ、ㄷ、ㄹ、ㅁ、ㅂ、ㅅ、ㅇ、ㅈ、ㅊ、
ㅋ、ㅌ、ㅍ、ㅎ。本單元的單子音，將學到自然發聲的「平
音」與強烈氣音的「激音」。

其中平音有：ㄱ、ㄴ、ㄷ、ㄹ、ㅁ、ㅂ、ㅅ、ㅇ、ㅈ、ㅎ等 10 個音；
激音有：ㅋ、ㅌ、ㅍ、ㅊ等 4 個。

記住激音最快的方法，就是找出平音中「ㄱ、ㄷ、ㅂ、ㅈ」
這 4 個音，然後都各自橫畫一筆就會變成有氣音的「ㅋ、
ㅌ、ㅍ、ㅊ」4 個激音。另外平音中的「ㅇ」不發音，必須
依靠母音來發音，單子音也可以當作「終聲」來用。

現在就讓我們一起來學習吧！

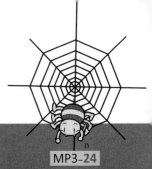

MP3-24

가방

ga-bang
包包

가방 사고 싶어요 .

ga-bang sa-go si-peo-yo
(我)想買包包。

發音
g

ㄱ

가수

ga-su
歌手

가수 누구
좋아해요 ?

ga-su nu-gu jo-a-hae-yo
喜歡的歌手是誰?

누구

nu-gu
誰

누구 꺼예요 ?

nu-gu ggeo-ye-yo
這是誰的?

가요

ga-yo

去（敬語）

한국에 가요 .

han-gu-ge ga-yo

（我）去韓國。

用喉頭震動的方式，發出低音「g」的音。

소고기

so-go-gi

牛肉

저 소고기 안 먹어요 .

jeo so-go-gi an meo-geo-yo

（我）不吃牛肉。

귀걸이

gwi-geo-li

耳環

귀걸이 잃어버렸어요 .

gwi-geo-li i-leo-beo-lyeo-sseo-yo

（我的）耳環不見了。

MP3-25

| 나
na
我 | 나는 대만 사람이에요 .
na-neun dae-man sa-la-mi-e-yo
我是台灣人。 |

發音

n

ㄴ

| 내
nae
我的 | (이 사람은)
내 친구예요 .
(i sa-la-meun)
nae chin-gu-ye-yo
(這個人) 是我的朋友。 |

| 나이
na-i
年紀 | 나이 어려요 .
na-i eo-lyeo-yo
年紀輕。 |

나라
na-la
國家

어느 나라 사람이에요？
eo-neu na-la sa-la-mi-e-yo
（你）是哪一國人？

發出類似注音
「ㄋ」的音。

노래방
no-lae-bang
KTV

노래방에 가요.
no-lae-bang-e ga-yo
去 KTV 唱歌吧。

남자 친구
nam-ja chin-gu
男朋友

남자 친구 있어요.
nam-ja chin-gu i-sseo-yo
（我）有男朋友。

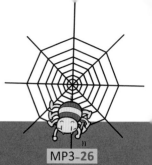

MP3-26

다리
da-li
腿

다리가 아파요.
da-li-ga a-pa-yo
腿很痛。

發音

d

도로
do-lo
道路

도로가 막혔어요.
do-lo-ga ma-kyeo-sseo-yo
路很塞車。

ㄷ

다리미
da-li-mi
熨斗

다리미 있어요.
da-li-mi i-sseo-yo
有熨斗。

대도시

dae-do-si

大都市

서울은 진짜
대도시예요 .

seo-u-leun jin-jja
dae-do-si-ye-yo
首爾真的是大都市。

發出類似注「ㄉ」
的音。

드라이브

deu-la-i-beu

兜風

드라이브 가요 .

deu-la-i-beu ga-yo
（我們）去兜風吧。

아이패드

a-i-pae-deu

iPad

저 아이패드 써요 .

jeo a-i-pae-deu sseo-yo
我在使用 iPad。

MP3-27

라면
la-myeon
泡麵

라면 끓여 먹어요 .
la-myeon ggeu-lyeo meo-geo-yo
我們煮泡麵吃吧。

發音
1

ㄹ

라디오
la-di-o
收音機
（radio）

라디오 들어요 .
la-di-o deu-leo-yo
在聽收音機。

루비
lu-bi
紅寶石
（ruby）

이거 루비예요 ?
i-geo lu-bi-ye-yo?
這是紅寶石嗎？

머리

meo-li
頭；頭髮

머리 했어요.

meo-li hae-sseo-yo
我弄好頭髮。（我換新髮型）

發出類似注音
「ㄌ」的音。

고리

go-li
鉤子

고리에 걸어요.

go-li-e geo-leo-yo
在鉤子上掛起來。

엘리베이터

el-li-be-i-teo
電梯
（elevator）

엘리베이터 타요.

el-li-be-i-teo ta-yo.
（我們）搭電梯吧。

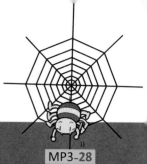

MP3-28

미소
mi-so
微笑

미소가 예뻐요 .
mi-so-ga ye-ppeo-yo
（你的）微笑很好看。

發音
m

모자
mo-ja
帽子

모자 써요 .
mo-ja sseo-yo.
（請）戴帽子。

드라마
deu-la-ma
電視劇
（drama）

한국 드라마 좋아해요 .
han-guk deu-la-ma jo-a-hae-yo.
喜歡看韓國電視劇。

머그컵
meo-geu-keop
馬克杯
（mug cup）

머그컵에 주세요 .
meo-geu-keo-be ju-seo-yo
請用馬克杯裝給我。

發出類似注音
「ㄇ」的音。

먹어요
meo-geo-yo
吃

같이 먹어요 .
ga-chi meo-geo-yo
（我們）一起吃吧。

미안해요
mi-an-hae-yo
對不起

진짜 미안해요 .
jin-jja mi-an-hae-yo
真的對不起。

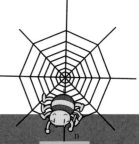

MP3-29

비
bi
雨

비 와요.
bi wa-yo
在下雨。

發音
b

ㅂ

바보
ba-bo
笨蛋

바보죠?
ba-bo-jyo
你是笨蛋嗎？

부자
bu-ja
有錢人

저 부자 아니에요.
jeo bu-ja a-ni-e-yo
我不是有錢人。

봐요
bwa-yo
看、收看

텔레비전 봐요 .
tel-le-bi-jeon bwa-yo
我在看電視。

雙唇摩擦，發出
類似「ㄅ」的音。

비싸요
bi-ssa-yo
貴

비싸요 .
bi-ssa-yo
貴。

빌려 주세요
bil-lyeo ju-se-yo
請借給我

돈 빌려 주세요 .
don bil-lyeo ju-se-yo
請借給我錢。

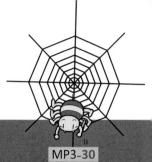

MP3-30

수도
su-do
首都

한국 수도는 서울이에요 .
han-guk su-do-neun seo-u-li-e-yo
韓國首都是首爾。

發音

S

소주
so-ju
韓國燒酒

소주 마셔요 .
so-ju ma-syeo-yo
我們一起喝燒酒吧。

스포츠
seu-po-cheu
體育、運動

스포츠 뭐 좋아하세요 ?
seu-po-jeu mwo jo-a-ha-se-yo
請問喜歡什麼運動？

사랑

sa-lang
愛

사랑해요 .

sa-lang-hae-yo
我愛你（們）。

發 出 類 似 注 音
「ㄙ」的音。

사거리

sa-geo-li
十字路口

저기 사거리에 내려요 .

jeo-gi sa-geo-li-e nae-lyeo-yo
（計程車上）在前面十字
路口下車。

슈퍼 주니어

syu-peo ju-ni-eo
Super Junior

슈퍼 주니어 노래 좋아해요 .

syu-peo ju-ni-eo no-lae jo-a-hae-yo
我喜歡 SJ 的歌曲。

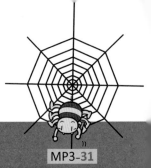

MP3-31

일
il
工作、事情

어디에서 일해요？
eo-di-e-seo il-hae-yo?
在哪裡工作？

發音
無

오늘
o-neul
今天

오늘 뭐 하세요？
o-neul mwo ha-se-yo
（問對方的行程）請問今天要做什麼？

애교
ae-gyo
撒嬌

애교가 있어요．
ae-gyo-ga i-seo-yo
會撒嬌。

예뻐요
ye-ppeo-yo
漂亮

눈이 예뻐요 .
nu-ni ye-ppeo-yo
眼睛很漂亮。

此音不發音，依搭配的母音來發音。

오세요
o-se-yo
請來

대만에 오세요 .
dae-ma-ne o-se-yo
請（您）來台灣。

예약해요
ye-ya-kae-yo
預約

예약했어요 .
ye-ya-kae-sseo-yo
預約好了。

MP3-32

저기
jeo-gi
那裡

저기가 어디예요？
jeo-gi-ga eo-di-ye-yo
那裡是什麼地方？

發音
j

자리
ja-li
位子

자리 있어요？
ja-li i-sseo-yo
有位子嗎？

지도
ji-do
地圖

지도 있어요？
ji-do i-sseo-yo
有地圖嗎？

지폐

ji-pye
鈔票

지폐로 바꿔 주세요 .

ji-pye-lo ba-kkwo ju-se-yo
請換成鈔票給我。

此發音介於注音
「ㄘ」與「ㄗ」
之間。

조심해요

jo-sim-hae-yo
小心

조심하세요 !

jo-sim-ha-se-yo
請小心！

좀 주세요

jom ju-se-yo
（請求）請給我

물 좀 주세요 .

mul jom ju-se-yo
請給我水。

MP3-33

최고
choe-go
最高、最好

와 , 최고예요 !
wa choe-go-ye-yo
哇，非常好！（哇，很棒！）

發音
ch

ㅊ

치즈
chi-jeu
起司
（cheese）

치즈도 주세요 .
chi-jeu-do ju-se-yo
也請給我起司。

치킨
chi-kin
炸雞
（chicken）

치킨 시켜 먹어요 .
chi-kin si-kyeo meo-geo-yo
（我們）點炸雞吃吧。

처음

cheo-eum
第一次

처음이에요.

cheo-eu-mi-e-yo
是第一次。

類似注音「ㄘ」的音。

초대

cho-dae
招待

초대해 주세요.

cho-dae-hae ju-se-yo
請招待（邀請）我吧。

친구

chin-gu
朋友

우리 친구해요.

u-li chin-gu-hae-yo
我們當朋友吧。

MP3-34

커피
keo-pi
咖啡

커피 한잔 해요 .
keo-pi han-jan hae-yo
喝杯咖啡。

發音
k

ㅋ

크림
keu-lim
乳液
（cream）

여자 크림 사야 해요 .
yeo-ja keu-lim sa-ya hae-yo
（我）一定要買女用乳
液。

카레
ka-le
咖哩
（curry）

저녁에 카레 먹어요 .
jeo-nyeo-ge ka-le meo-geo-yo
晚餐吃咖哩吧。

카드

ka-deu
信用卡
（card）

카드 돼요 ?

ka-deu dwae-yo
可以刷卡嗎？

類似注音「ㄎ」
的音。

케이크

ke-i-keu
蛋糕
（cake）

생일 케이크 샀어요 .

saeng-il ke-i-keu sa-sseo-yo
買了生日蛋糕。

카메라

ka-me-la
照相機
（camera）

자 , 카메라 보세요 .

ja ka-me-la bo-se-yo
來，請各位看鏡頭（相機）。

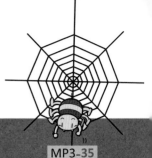

MP3-35

토스트

to-seu-teu
吐司
（toast）

아침에 토스트 먹었어요.

a-chi-me to-seu-teu meo-geo-sseo-yo
早餐吃了吐司。

發音
ㅌ

ㅌ

터미널

teo-mi-neol
客運站
（terminal）

버스 터미널이
어디 있어요?

beo-seu teu-mi-neo-li
eo-di i-sseo-yo
客運站在哪裡？

콘서트

kon-seo-teu
演唱會
（concert）

콘서트에 가요.

kon-seo-teu-e ga-yo
去演唱會。

타요

ta-yo
搭（車）

버스 타요 .

beo-seu ta-yo
搭公車。

類似注音「ㄊ」
的音。

토해요

to-hae-yo
吐

다 토했어요 .

da to-hae-sseo-yo
全部吐出來了。

크리스마스 트리

keu-li-seu-ma-seu teu-li
聖誕樹
（Christmas tree）

크리스마스 트리 만들었어요 .

keu-li-seu-ma-seu teu-li man-deu-leo-sseo-yo
做（裝飾）聖誕樹。

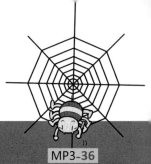

MP3-36

포도

po-do
葡萄

포도주 한잔 해요 .

po-do-ju han-jan hae-yo
喝杯葡萄酒吧。

發音

p

ㅍ

파티

pa-ti
派對
（party）

생일파티 있어요 .

saeng-il-pa-ti i-sseo-yo
有（一場）生日派對。

코피

ko-pi
鼻血

코피 나요 .

ko-pi na-yo
流鼻血。

원피스

won-pi-seu
連身裙
（one-piece）

원피스 있어요？

won-pi-seu i-sseo-yo
（在店裡）這裡有賣連身裙
嗎？

類似注音「ㄆ」
的音。

스마트 폰

seu-ma-teu pon
智慧型手機
（smart phone）

스마트 폰 뭐 써요？

seu-ma-teu pon mwo
sseo-yo
（你）使用什麼牌子的
智慧型手機？

파마해요

pa-ma-hae-yo
燙髮

파마했어요.

pa-ma-hae-sseo-yo
我燙頭髮了。

MP3-37

회
hui
生魚片

회 좋아해요？
hui jo-a-hae-yo
喜歡吃生魚片嗎？

發音
h

ㅎ

회사
hui-sa
公司

회사에 다녀요.
hui-sa-e da-nyeo-yo
（我）在公司上班。

화
hwa
生氣

화 났어요.
hwa na-sseo-yo
（你）生氣了嗎？

허리

heo-li
腰

허리가 안 좋아요 .

heo-li-ga an jo-a-yo
我的腰不好。

類似注音「ㄏ」
的音。

화장품

hwa-jang-pum
化妝品

화장품 사고 싶어요 .

hwa-jang-pum sa-go si-peo-yo
我想要買化妝品。

하세요

ha-se-yo
請做

먼저 하세요 .

meon-jeo ha-se-yo
請（您）先做吧。

보고싶어요 .

bo-go-si-peo-yo

想念你。

雙子音

韓語雙子音共有5個：ㄲ、ㄸ、ㅃ、ㅆ、ㅉ。雙子音又稱為「硬音」，記住硬音最快的方法就是找出平音中「ㄱ、ㄷ、ㅂ、ㅅ、ㅈ」這5個音，然後都各自多加上一個「ㄱ、ㄷ、ㅂ、ㅅ、ㅈ」，它就會變成「ㄲ、ㄸ、ㅃ、ㅆ、ㅉ」等5個硬音。

提醒您，發音時要靠喉嚨用力發音，把硬音當成中文念成「四聲」，就能迅速掌握發音方式，這點在發音時要特別注意！

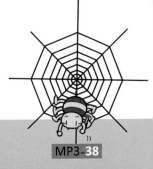

MP3-38

끼
kki
天賦

노래에 끼가 있어요 .
no-lae-e kki-ga i-sseo-yo
對於歌唱很有天賦。

發音
kk

끼

자꾸
ja-kku
一直

자꾸 보고 싶어요 .
ja-kku bo-go si-peo-yo
一直想念你（或
他）。

깨끗해요
kkae-kkeu-tae-yo
乾淨

방이 깨끗해요 .
bang-i kkae-kkeu-tae-yo
房間很乾淨。

꺼 주세요
kkeo ju-se-yo
（電子用品）關掉

휴대폰 꺼 주세요 .
hyu-dae-pon kkeo ju-se-yo
請關掉手機。

發音類似「ㄱ」，但發出比他還強烈，類似注音「ㄍ」四聲的音。

깨졌어요
kkae-jyeo-sseo-yo
打碎

이거 깨졌어요 .
i-geo kkae-jyeo-sseo-yo
這個被打碎了。

깎아 주세요
kka-kka ju-se-yo
便宜一點

좀 깎아 주세요 .
jom kka-kka ju-se-yo
請算便宜一點吧。

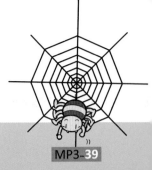

MP3-39

또 tto 再來	**또 주세요 .** tto ju-se-yo 請再給我（一個）。

發音
tt

CC

띠 tti 生肖	**무슨 띠예요 ?** mu-seun tti-ye-yo 你屬什麼生肖？

라떼 la-tte 拿鐵（latte）	**라떼 주세요 .** la-tte ju-se-yo 我要喝拿鐵。

따로
tta-lo
個別

따로 계산해요 .
tta-lo gye-san-hae-yo
個別結帳。

發音類似「ㄷ」，
但發出比他還強
烈，類似注音
「ㄅ」四聲的音。

떴어요
tteo-sseo-yo
紅起來

그 드라마 떴어요 .
geu deu-la-ma tteo-sseo-yo
那部戲劇很紅。

뜨거워요
tteu-geo-wo-yo
燙

뜨거워요 , 조심해요
tteu-geo-wo-yo jo-sim-hae-yo
東西很燙，請小心。

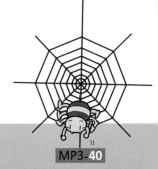

MP3-40

뽀뽀
ppo-ppo
親親

뽀뽀！
ppo-ppo
（對小孩）親一個！

發音
pp

뻥
ppeong
謊話

뻥이에요.
ppeong-i-e-yo
我說謊。

빨리
ppal-li
快點

빨리 가요.
ppal-li ga-yo
趕快走吧。

바빠요

ba-ppa-yo

忙碌

너무 바빠요 .

neo-mu ba-ppa-yo

我太忙碌。

發音類似「ㄅ」，
但發出比他還強
烈，類似注音
「ㄅ」四聲的音。

빨라요

ppal-la-yo

快

시간이 빨라요 .

si-ga-ni ppal-la-yo

時間過得真快。

빼 주세요

ppae ju-se-yo

請去除（掉）

얼음 빼 주세요 .

eo-leum ppae ju-se-yo

請（幫我）去冰。

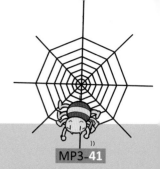

MP3-41

쓰레기
sseu-le-gi
垃圾

쓰레기 버리지 마세요 .
sseu-le-gi beo-li-ji ma-se-yo
請勿丟垃圾。

발音
SS

싸구려
ssa-gu-lyeo
便宜貨

이거 싸구려예요 .
i-geo ssa-gu-lyeo-ye-yo
這只是便宜貨。

싸게
ssa-ge
便宜一點

싸게 해 주세요
ssa-ge hae ju-se-yo
請算我便宜一點。

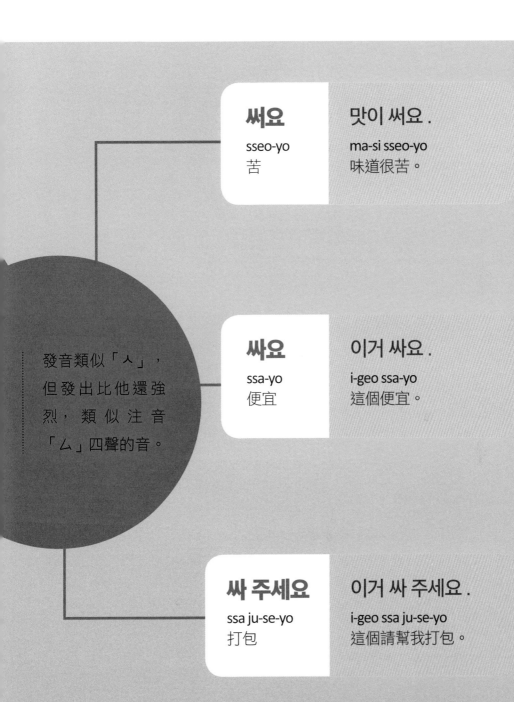

써요
sseo-yo
苦

맛이 써요 .
ma-si sseo-yo
味道很苦。

發音類似「ㄙ」，
但發出比他還強
烈，類似注音
「ㄙ」四聲的音。

싸요
ssa-yo
便宜

이거 싸요 .
i-geo ssa-yo
這個便宜。

싸 주세요
ssa ju-se-yo
打包

이거 싸 주세요 .
i-geo ssa ju-se-yo
這個請幫我打包。

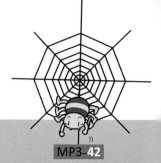

MP3-42

진짜
ji-jja
真的

진짜예요 .
jin-jja-ye-yo
是真的。

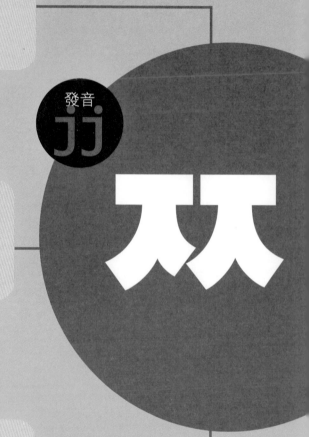

發音
jj

ㅉ

가짜
ga-jja
假的
（假貨）

이거 가짜예요 .
i-geo ga-jja-ye-yo
這是假貨。

찌개
jji-gae
鍋、燉湯

김치찌개 주세요 .
kim-chi-jji-gae ju-se-yo
我要泡菜鍋。

짜요
jja-yo
鹹

맛이 짜요 .
ma-si jja-yo
味道很鹹。

쪘어요
jjyeo-sseo-yo
變胖

살이 쪘어요 .
sa-li jjyeo-sseo-yo
（我）變胖了。

發音類似「ㄗ」，
但發出比他還強
烈，類似注音
「ㄗ」四聲的音。

째째해요
jjae-jjae-hae-yo
小氣

너무 째째해요 .
neo-mu jjae-jjae-hae-yo
（你）太小氣。

다녀오겠습니다.

da-nyeo-o-ge-seum-ni-da
我出門了。

PART02

蜘蛛網式擴大法，
實用會話現學現說

接下來，本單元將利用在 PART 1 中所學到的 240 個單字及 240 個例句，擴大學習在韓國生活中經常會用到的各類型對話，包含「初次見面」、「電話」、「餐廳」、「交通」等 4 篇。每篇雖然只有 10 ～ 20 個實用會話，但只要將最常説的單字，套用到簡單的例句當中，便能舉一反三，輕鬆開口説出最好用及最正確的韓語。

一、처음 만났을 때

初次見面時（cheo-eum man-na-sseul ttae）

01 打招呼 MP3-43

▶ **안녕하세요 ?**

an-nyeong-ha-se-yo/ 您好嗎？

▶ **처음 뵙겠습니다 .**

cheo-eum bwep-ge-seum-ni-da/ 初次見面。

▶ **반가워요 .**

ban-ga-wo-yo/ 很高興見到您。

02 問候 MP3-44

▶ **잘 지내세요 ?**

jal ji-nae-se-yo/ 過得好嗎？

▶ **어떻게 지내세요 ?**

eo-tteo-ke ji-nae-se-yo/ 過得如何呢？

▶ **잘 있어요 ?**

jal i-sseo-yo/ 一切都好嗎？

03 自我介紹 MP3-45

▶ 제 이름은 이가영입니다 .

je i-leu-meun i-ga-yeong-im-ni-da/ 我的名字是李佳瑩。

▶ 제 직업은 교사입니다 .

je ji-geo-beun gyo-sa-im-ni-da/ 我的職業是老師。

▶ 제 전공은 미술입니다 .

je jeon-gong-eun mi-su-lim-ni-da/ 我念的（主修）是美術。

04 道別 MP3-46

▶ 또 봐요 .

tto bwa-yo/ 再見。

▶ 다음에 만나요 .

da-eu-me man-na-yo/ 下次見面。

▶ 안녕히 가세요 .

an-nyeong-hi ga-se-yo/ 請慢走

一、처음 만났을 때

初次見面時（cho-eum man-na-sseul ttae）

▶ **안녕히 계세요.**

an-nyeong-hi gye-se-yo/ 請留步。

▶ **조심히 가세요.**

jo-sim-hi ga-se-yo/ 請小心慢走。

05 聽懂問題 MP3-47

▶ **이름이 뭐예요?**

i-leu-mi mwo-ye-yo/ 你叫什麼名字？

▶ **어느 나라 사람이에요?**

eo-neu na-la sa-la-mi-e-yo/ 你是哪國人？

▶ **직업이 뭐예요?**

ji-geo-bi mwo-ye-yo/ 你的職業是什麼？

▶ **전공은 뭐예요?**

jeon-gong-eun mwo-ye-yo/ 你的主修是什麼（念什麼系）？

▶ **뭐 좋아해요?**

mwo jo-a-hae-yo/ 你喜歡什麼？

▶ 한국음식 좋아해요 .

han-gu-geum-sik jo-a-hae-yo/ 我喜歡韓國料理。

二、전화했을 때
打電話時（jeon-hwa-hae-sseul ttae）

01 打電話時
MP3-48

▶ **여보세요 . 박민영 씨 계세요 ?**

yeo-bo-se-yo park-mi-nyoeng ssi gye-se-yo/ 喂。請問朴敏英小姐在嗎？

▶ **여보세요 . 오준영 씨 휴대폰이죠 ?**

yeo-bo-se-yo o-ju-nyeong ssi hyu-dae-po-ni-jyo/ 喂。請問是吳俊英先生的手機嗎？

▶ **여보세요 . 김선영 씨 댁이죠 ?**

yeo-bo-se-yo gim-seo-nyeong ssi dae-gi-jyo/ 喂。請問是金善英小姐家嗎？

02 接電話時
MP3-49

▶ **네 , 저는 조현아입니다 .**

ne jeo-neun jo-hyeo-na-im-ni-da/ 是，我是趙賢雅。

▶ **네 , 누구세요 ?**

ne nu-gu-se-yo/ 是，請問哪位？

▶ **지금 안 계세요 . / 지금 없어요 .**

ji-geum an gye-se-yo ji-geum eop-sseo-yo/
現在不在（敬語）。／現在不在（一般敬語）。

03 對方不在時 🕷 MP3-50

▶ 지금 통화 괜찮아요 ?

ji-geum tong-hwa gwaen-cha-na-yo/ 請問現在可以通話嗎？

▶ 메모 좀 전해 주세요 .

me-mo jom jeon-hae ju-se-yo/ 請幫我留言。

▶ 괜찮아요 . 말씀하세요 .

gwaen-cha-na-yo mal-sseum-ha-se-yo/ 沒關係。請說。

04 請對方稍候 🕷 MP3-51

▶ 잠시만요 . / 잠깐만요 .

jam-si-ma-nyo / jam-kkan-ma-nyo 請稍候（敬語）。／請稍等（一般敬語）。

▶ 준영 씨 바꿔 드릴게요 .

ju-nyeong ssi ba-kkwo deu-lil-ge-yo/（我）請俊英先生來聽。

▶ 감사합니다 .

gam-sa-ham-ni-da/ 謝謝！

二、전화했을 때

打電話時（jeon-hwa-hae-sseul ttae）

05 打錯電話 MP3-52

▶ **그런 분 안 계세요 .**

geu-leon bun an gye-se-yo/ 這裡沒有這個人喔。

▶ **몇 번에 거셨어요 ?**

myeot beo-ne geo-syeo-sseo-yo/ 請問撥幾號呢？

▶ **잘못 걸었어요 .**

jal-mot geo-leo-sseo-yo/ 打錯了。

06 數字 MP3-53

1	2	3	4	5
일	이	삼	사	오
il	i	sam	sa	o
6	7	8	9	0
육	칠	팔	구	영 / 공
yuk	chil	pal	gu	yeong / gong
十	百	千	萬	元
십	백	천	만	원
sip	baek	cheon	man	won

▶ **15 번 버스 타요 .**

si-bo beon beo-seu ta-yo/ 我搭 15 號公車。

▶ **제 전화번호는 0978-000-123 이에요 .**

je jeon-hwa-beon-ho-neun gong-gu-chil-pal gong-gong-gong i-li-sa-mi-e-yo
我手機號碼是 0978-000-123。

▶ **이거 5 만원이에요 .**

i-geo o-ma-nwo-ni-e-yo/ 這是韓幣 5 萬塊。

三、식당에서 주문할 때

餐廳點餐時（sik-dang-e-seo ju-mun-hal ttae）

01 在餐廳 MP3-54

▶ 몇 분이세요 ?

myeot bu-ni-se-yo/ 請問幾位？

▶ 네 명이에요 .

ne myeong-i-e-yo/（我們是）四位。

▶ 예약해도 돼요 ?

ye-ya-kae-do dwae-yo/ 請問可以預約嗎？

02 點餐 MP3-55

▶ 여기 비빔밥 하나 주세요 .

yeo-gi bi-bim-bap ha-na ju-se-yo/ 這裡請給我一份拌飯。

▶ 불고기 이인분 주세요 .

bul-go-gi i-in-bun ju-se-yo/ 請給我兩人份烤肉。

▶ 너무 맛있어요 .

neo-mu ma-si-sseo-yo/ 太好吃了。

03 請求  MP3-56

▶ **순두부찌개에 파 빼 주세요 .**

sun-du-bu-jji-gae-e pa ppae ju-se-yo/ 豆腐鍋請不要加蔥。

▶ **여기 반찬 좀 더 주세요 .**

yeo-gi ban-chan jom deo ju-se-yo/ 請再給我一點小菜。

▶ **메뉴판 좀 주세요 .**

mea-nyu-pan jom ju-seo-yo/ 請給我菜單。

04 詢問 MP3-57

▶ **맛있게 드세요 .**

ma-sit-ge deu-se-yo/ 請慢用。

▶ **오늘 요리 맛이 괜찮아요 ?**

neul yo-li ma-si gwaen-cha-na-yo/ 今天的料理味道如何？

▶ **얼마예요 ?**

eol-ma-ye-yo/ 多少錢？

三、식당에서 주문할 때

餐廳點餐時（sik-dang-e-seo ju-mun-hal ttae）

05 常見的韓國飲食
MP3-58

된장찌개
deon-jang-jji-gae
味噌鍋

김밥
gim-bbap
海苔飯卷

찜닭
jjim-dak
燉雞

설렁탕
seol-leong-tang
雪濃湯（牛雜湯）

부대찌개
bu-dae-jji-gae
部隊鍋

해물파전
hae-mul-pa-jeon
海鮮煎餅

냉면
naeng-myeon
冷麵

삼계탕
sam-gye-tang
蔘雞湯

四、교통

交通（gyo-tong）

01 搭車及目的地 MP3-59

▶ **700 번 버스 서울역에 가요 ?**

chil-beak beon beo-seu seo-ul-lyeo-ge ga-yo/ 700 號公車到首爾站嗎？

▶ **경복궁에 가요 . 몇 번 버스 타야 돼요 ?**

gyeong-bok-gung-e ga-yo. myeot beon beo-seu ta-ya dwae-yo

到景福宮要搭幾號公車呢？

▶ **명동 여기에서 내려요 ?**

myeong-dong yeo-gi-e-seo nae-lyoe-yo/ 明洞在這裡下車嗎？

▶ **어디에서 갈아타야 해요 ?**

eo-di-e-seo ga-la-ta-ya hae-yo/ 要在哪裡換車呢？

▶ **어느 역에서 내려야 해요 ?**

oe-neu yeo-ge-seo nae-lyeo-ya hae -yo/ 要在哪一站下車呢？

▶ **광화문 어떻게 가요 ?**

gwang-hwa-mu eo-tteo-ke ga-yo/ 要怎麼去光化門？

교통
交通（gyo-tong）

02 要求 MP3-60

▶ 부산에 가는 표 한 장 주세요 .

bu-sa-ne ga-neun pyo han jang ju-se-yo/ 請給我一張到釜山的車票。

▶ 호텔까지 태워 주세요 .

ho-tel-gga-ji tae-wo ju-se-yo/ 請載我到飯店。

▶ 여기에 세워 주세요 .

yeo-gi-e se-wo ju-se-yo/ 請在這裡停車。

03 詢問 MP3-61

▶ 저 신호등 앞에 내려주세요 .

jeo sin-ho-deung a-pe nae-lyeo-ju-se-yo/ 請在那個紅綠燈前面讓我下車。

▶ 김포공항까지 얼마 걸릴까요 ?

gim-po-gong-hang-gga-ji eol-ma geol-lil-kka-yo/ 到金浦機場要多久時間？

▶ 서울역에 도착하면 알려 주세요 .

seo-u-lyeo-ge do-cha-ka-myeon al-lyeo ju-se-yo/ 到首爾站的話請告訴我。

04 首爾觀光景點
MP3-62

인사동 in-sa-dong 仁寺洞	**강남** gang-nam 江南

여의도 yeo-ui-do 汝矣島	**63 빌딩** yuk-sam bil-ding 63 大樓	**압구정** ap-gu-jeong 狎鷗亭

신사동 sin-sa-dong 新沙洞	**가로수길** ga-lo-su-gil 林蔭大道	**이대** i-dae 梨大

國家圖書館出版品預行編目資料

蜘蛛網式學習法：12小時韓語發音、單字、會話，
一次搞定！／盧開朗、潘治婷著；
-- 初版 -- 臺北市：瑞蘭國際, 2015.02
128 面；17 x 23 公分 --（繽紛外語系列；42）
ISBN：978-986-5639-13-6（平裝附光碟片）
1. 韓語 2. 發音 3. 會話
803.289   104001050

繽紛外語系列 42

蜘蛛網式學習法：
12小時韓語發音、單字、會話，一次搞定！

作者｜盧開朗、潘治婷
責任編輯｜潘治婷、王愿琦
校對｜盧開朗、潘治婷、王愿琦

韓語錄音｜盧開朗、金孝定・錄音室｜采漾錄音製作有限公司
封面設計、內文排版｜劉麗雪・印務｜王彥萍

董事長｜張暖彗・社長兼總編輯｜王愿琦・主編｜王彥萍
主編｜葉仲芸・編輯｜潘治婷・編輯｜紀珊・美術主任｜余佳憓
業務部副理｜楊米琪・業務部專員｜林湲洵・業務部助理｜張毓庭

出版社｜瑞蘭國際有限公司・地址｜台北市大安區安和路一段 104 號 7 樓之 1
電話｜(02)2700-4625・傳真｜(02)2700-4622・訂購專線｜(02)2700-4625
劃撥帳號｜19914152 瑞蘭國際有限公司
瑞蘭網路書城｜www.genki.com.tw
總經銷｜聯合發行股份有限公司・電話｜(02)2917-8022、2917-8042
傳真｜(02)2915-6275、2915-7212・印刷｜宗祐印刷有限公司
出版日期｜2015 年 02 月初版 1 刷・定價｜300 元・ISBN｜978-986-5639-13-6